Mark Sarg

Der Papst als Werwolf

Mark Sarg

Der Papst als Werwolf

Bizarre Kurzgeschichten

Goldene Rakete Verlag für Belletristik

Imprint
Any brand names and product names mentioned in this book are subject to trademark, brand or patent protection and are trademarks or registered trademarks of their respective holders. The use of brand names, product names, common names, trade names, product descriptions etc. even without a particular marking in this work is in no way to be construed to mean that such names may be regarded as unrestricted in respect of trademark and brand protection legislation and could thus be used by anyone.

Cover image: www.ingimage.com

Publisher:
Goldene Rakete Verlag für Belletristik
is a trademark of
International Book Market Service Ltd., member of OmniScriptum Publishing Group
17 Meldrum Street, Beau Bassin 71504, Mauritius

Printed at: see last page
ISBN: 978-620-2-44498-9

INHALTSVERZEICHNIS

DIE AUSSICHTSLOSE SITUATION

Miss Jutta Hundeschnabel erwachte in einer aussichtslosen Situation. Der Dorfpfarrer, Pastor Ascot Gamsbart, saß auf ihrem Gesicht und drohte, ihr Blickfeld nicht eher zu räumen, als bis sie die längst überfällige **Beichte** abgelegt habe.

Da ihr ihre Aussicht einiges wert war, zeigte sie rasch Einsicht und beichtete ihm alles, was er nur – **gierend** vor Erwartung – hören wollte ...

DIE AUSWEGLOSE SITUATION

Sein gesamtes Leben hindurch hatte sich Prof. Henk van Denk kontinuierlich und beharrlich in eine Situation manövriert, die nun, im Alter von 90 Jahren, nach gängigen Regeln scheinbar **ausweglos** für ihn war:

Er **starb** – und erkannte lachend und befreit, dass ***dies*** der Ausweg war!

DIE DELIKATE SITUATION

In einer wahrhaft **delikaten** Situation fand sich die frühere Madame Angélique Hunnenkerl wieder: Auf ihrem Schoße saß der Papst und pinkelte sie an. Gottlob zunächst nur im Traume – doch als sie erwachte, thronte er wirklich auf ihr!

Aber daran war sie einzig und alleine selber schuld. Denn um sich von den Strapazen ihres ***voran***gehenden Lebens zu erholen, hatte sie sich ausdrücklich für eine vermeintlich geruhsame „Übergangsexistenz“ als ***päpstlicher Fauteuil*** entschieden!

DIE LEICHE UND DAS KNALLBONBON

Als verstreutes Überbleibsel einer ausgelassenen Silvesterparty auf dem Friedhof spürte Justizrat Rinaldo Trüffelschwein am Neujahrsmorgen ein lecker aussehendes Scherzbonbon auf.

Genüsslich enthüllte er es – und schrak beim Knall dermaßen zusammen, dass ihn dies glatt wieder ins **Leben** beförderte.

„Ist wahrlich zu **nichts** mehr nütze, dieses neumodische Zeugs!!“, ärgerte er sich grün und blau.

DAS UNBENANNTE

In einem unbenannten Laden verlangte ein Unbenannter ein unbenanntes Ding.

Da er es ohne weiteres erhielt, braucht es auch hier nicht mehr benannt zu werden.

DIE UNBENANNTE

Eine Unbenannte ließ sich bereits zu Lebzeiten einbalsamieren.

Weil sie ordnungsgemäß dafür bezahlte, nahm niemand Anstoß daran.

DER UNBENANNTE

Ein Unbenannter erkundigte sich bei einer Unbenannten nach einem unbenannten Orte.

Sie missverstand dies jedoch gründlich, gab ihm eine schallende Ohrfeige – und ließ ihn im Regen stehen.

DER UNBEMANNTE

Der Herzog von Rummelhausen suchte krampfhaft einen Partner.

Nachdem er absolut keinen fand – ließ er sich eben unbemannt in den Weltraum schießen.

DER UMBENANNTE

Trotz geänderten Namens, amputiertem Beine, künstlichem Bauche sowie neuer Haartracht, falschem Bart und Brille wurde Baron Windhauch Musenkuss überall, wo er auftauchte, mit wissender und mehr oder weniger wohlwollender Miene augenblicklich enttarnt.

Erst als er sich seine Visage komplett entfernen ließ, konnte er unbehelligt und in Frieden weiterleben.

DIE BLAUE KUH

Außer sich vor Staunen bemerkte Bademeister Bartholomäus Drahtwaschl inmitten der Schwimmenden eine blaue Kuh: „Was treiben **Sie** denn hier?!" Worauf sie lediglich ihre rosa Flügel spannte und sich graziös in die Lüfte erhob.

„Ich ***ertrage*** es einfach nicht, dumm angeredet zu werden!", rief sie ihm noch zu, während er ihr fassungslos nachstarrte.

DER HALBE GOURMET

Marquis Florestan Seidenschädel, ein Gourmet par excellence, der wirklich **überall** einen Leckerbissen aufzuspüren verstand, schlich nach einem ausgedehnten Friedhofsbesuch hungrig in eine Gruft, um eine Insassin anzuknabbern.

Augenblicklich fielen sämtliche Mitbewohner über ihn her und knabberten **ihn** an, bis nur noch die Hälfte von ihm übrig war.

Als ***halber*** Gourmet irrt er seither durch obskure Schlemmertreffs und Lokalitäten und hofft auf die Erlösung, indem ihn endlich jemand ***ganz*** auffrisst.

DIE LYRISCHE KREATUR

Eine Kreatur war so lyrisch – dass sie sogar im Tode noch in ***Versen*** lachte!

DIE SYRISCHE KREATUR

Eine syrische traf eine lyrische Kreatur. Ob ihrer Verschiedenartigkeit verliebten sich die beiden Hals über Kopf ineinander.

Leider heirateten sie aber auch in der Folge – was sehr rasch wieder zur Entzweiung führte.

Und selbst das Abschiedspoem ihrer Verflossenen hatte die syrische Kreatur bald darauf unwiederbringlich „verloren“ …

DER PAPST ALS SUPPENNUDEL

Selbst in der Hölle noch sah es Papst Krengfrast der Scharfe als seine heiligste Pflicht, seinen nunmehrigen Chef möglichst wirksam zu bekehren. Sooft er etwa zum Küchendienst verdonnert war, spuckte er dem Teufel voller Inbrunst „im Namen des **wahrhaftigen** Herrn“ in die geliebte Suppe.

Dabei konnte es zwangsläufig nicht ausbleiben, dass er irgendwann von einem seiner Amtsvorgänger, die sich dort ja bekanntlich zuhauf tummeln, beobachtet – und zwecks Erlangung eines Bonus umgehend an den Meister referiert wurde.

Worauf er auch schon in der nächsten Sonntagssuppe als „Festtagsnudel“ umherschwamm. – Wie sehr er sich anschließend seinem Genießer auf den Magen schlug, ist leider nicht überliefert.

Dessen Bekehrung indes scheint mit Sicherheit fehlgeschlagen.

DAS EROTISCHE GESCHÖPF

Ein erotisches Geschöpf schlüpfte für seine Audienz beim Staatsoberhaupte in eine altväterische, sehr weite braune Pelzunterhose, um einen möglichst strengen und gesitteten Eindruck zu erwecken.

Doch half dies gar nichts, der Präsident zog ihm die Hose wieder aus – ließ sich sogleich begeistert scheiden und kürte ***es*** zur neuen „First Lady"!

Und das, obwohl es eigentlich nur gekommen war, um eine Spende für das Kloster, dem es vorstand, zu erbitten ...

DAS ESOTERISCHE GESCHÖPF

Ein esoterisches Geschöpf purzelte kopfüber in einen riesigen Kessel voll flüssiger Schokolade. Doch **widerstand** es nicht nur der Versuchung mühelos, sich selber abzulecken oder gar zu verzehren, sondern stieg, ganz im Gegenteil, völlig entschlackt und wie **neugeboren** daraus empor.

Was es aber in der Süßwarenfabrik überhaupt zu suchen hatte – dies bleibt sein esoterisches Geheimnis ...

DER KNALLFROSCH UND DIE LEICHE

Die frühere Marquise Serafina Feldmaus hatte sich mit einem selbstladenden Knallfrosche verlobt. Denn durch seine stetigen Explosionsattacken hoffte sie, irgendwann vielleicht doch wieder ins Leben zurückkatapultiert zu werden.

„Wie **dämlich** kann man bloß als Leiche sein!“, räsonierte sie aber scherzhaft, als dies bald darauf, wenn auch auf **andere** Weise, ohnehin geschah.

Das Verlöbnis wurde daher im beiderseitigen Einverständnis wieder aufgelöst.

EIN HAMPELMANN AUS MARZIPAN

Ein Hampelmann aus Marzipan traf einen Major aus Styropor.

Die beiden gründeten eine Armee – unterlagen aber der Fee Dragée.

DIE BLUME SATANS

Überaus angetan von den literarischen „Blumen des Bösen", meldete sich gleichwohl das Gewissen von Papst Schleichhaupt dem Stillen energisch zu Wort, wie er es gegenüber dem Allmächtigsten verantworten könne, solch unheilige Lektüre nicht nur zu lesen, sondern gar zu genießen.

Wie gerufen war der Teufel zur Stelle und schlug ihm einen „perfekten Handel" zur völligen Wiedergutmachung vor: Er möge als ***seine*** Blume eine Zeitlang Buße leisten.

Reumütig willigte der Papst ein – war aber von seiner neuen Rolle bald so fasziniert und hingerissen, dass er sie selbst **nach** seinem Ableben nicht mehr aufzugeben gedachte und ***ganz*** zu seinem nunmehrigen Herrn zog.

Und damit reihte er sich würdig ein in die stattliche Riege seiner Vorgänger …

DER GELUNGENSTE ABGANG ODER DIE MAGISCHE LÄHMUNG

Nachdem Sir Reginald Feuerteufel, glühend umschwärmter Zauberkünstler, bei seinem letzten diesseitigen Auftritte wie gewohnt den Zylinder angezündet hatte, vermochte er ihn plötzlich – offenbar auf Grund einer „magischen Lähmung" – weder abzunehmen noch zu löschen. Sodass er unter dem tosenden Applaus des Publikums (ob der vermeintlichen Steigerung seiner Darbietung) höchst theatralisch verbrannte.

Als man dann endlich erschüttert den wahren Sachverhalt realisierte, verlieh man ihm zum Troste die Ehrenmedaille für den „gelungensten Abgang nicht nur von einer Varietébühne" und deponierte diese feierlich gemeinsam mit seiner Urne im Keller des Etablissements.

Die Kosten hierfür stellte man ihm allerdings posthum in Rechnung – als nach der Testamentseröffnung bekannt geworden war, dass er sich schon vor geraumer Zeit für eine Feuerbestattung entschieden hatte …

DIE LEICHE UND DER SCHOKORIEGEL

Jeden Freitag erwarb die selige Contessa Bronislawa Schleierhirn beim Friedhofskiosk einen Schokoriegel für das Wochenende.

Denn wozu sonst hatte sie ihre kostbaren Ersparnisse mit ins Grab genommen!

DER UNBEDENKLICHE

Erstaunlich lange galt Dr. med. Tassilo Schaumgott als völlig integer und unbedenklich.

Als aber dann doch erste Zweifel und Bedenken auftauchten, und sich in Windeseile mehrten – waren er und seine Patienten leider bereits ***verschieden*** …

DER PAPST ALS KROKODIL

Eine derartige Verkörperung erschien Papst Ballawatsch dem Großen als schlichtweg ideal, um sich auf elegante und problemlose Weise, ohne Zuhilfenahme der sowieso nur mehr recht eingeschränkt agierenden Inquisition, durch raschen Biss seiner Widersacher zu entledigen.

Doch als er dann wirklich in seiner nachfolgenden Existenz über ausdrücklichen Wunsch zum Krokodil geworden war, vermochte er plötzlich nicht mehr zwischen „Gut und Böse“ zu unterscheiden – und fraß mit Vorliebe harmlose und unbescholtene Christen auf.

Und als er dies in seiner neuerlichen Todesstunde schmerzlich erkannte, forderte er dringend eine weitere Inkarnation als Kirchenfürst, um wieder schleunigst für katholischen Nachwuchs sorgen zu können.

Aber diesmal wurde seinem Ansinnen nicht entsprochen – und er landete stattdessen auf dem Nil, wo er nunmehr als schlichter „vatikanischer Emissär“ die **Krokodile** zu besseren und frommeren Christen erziehen sollte ...

DER PAPST ALS WERWOLF

Nach der begeisterten Lektüre der heiligen Memoiren seines Vorgängers, Ballawatsch des Großen, sah sich Papst Hallafatsch der Kleine insbesondere von dessen wohlbegründetem Vorhaben, sich nach dem Ableben für eine Inkarnation als Krokodil zu entscheiden, dermaßen inspiriert, dass er – ohne freilich über den Ausgang dieser „Mission" unterrichtet zu sein – die Idee für sich selber weiterentwickelte – und sich ganz auf ein künftiges Dasein als **Werwolf** fixierte. So vermeinte er, noch wirkungsvoller und flexibler zupacken und -schnappen zu können, wenn es um die Beseitigung störender ketzerischer Elemente in der Welt ging.

Überaus merkwürdig nur, dass auch er sich dann, als es so weit war, ausgerechnet von den **Christen** geradezu magisch angezogen fühlte und just die Tugendhaftesten unter ihnen aus dem reichhaltigen Angebote zum Opfer auserkor. – Als er dabei sogar seinem Nachfolger, Papst Nasogatsch dem Zähen, eine nächtliche Aufwartung machte, geriet diese allerdings zum „krönenden" Finale seines Treibens, da er sich an ihm im wahrsten Sinne des Wortes die Zähne ausbiss. Denn um sämtlichen Verlockungen des Fleisches schon im Ansatz **eisern** zu widerstehen, begab sich der Heilige Vater prinzipiell nur in schwerer Panzerrüstung zu Bett.

Immerhin zeigte Hallafatsch im Gegensatz zu Ballawatsch vermehrt und rascher Einsicht, als er am Ende sein Scheitern realisierte: Zur gleichwohl recht kurzen Buße erbat er sich umgehend eine Existenz als Unschuldslamm unter (hungrigen) Werwölfen – die ihm gnädig gewährt wurde.

Lamm***fromm*** ist er aber auch dadurch nicht geworden. Bis dato wenigstens noch nicht ...

DER ERSATZ

Die frisch verwitwete Lady Phyllis Knilchgack betrat einen Laden, um sich zum Troste selbst mit Blumen zu beschenken.

„Schönes Präsent, für das ich selber zahlen muss!“, begehrte sie auf, als der Händler kassieren wollte. „Sind wenigstens ***Sie*** gratis zu haben?“ Worauf er tief geschmeichelt vor ihr auf die Knie sank.

Da nahm sie ihn gleich mit und steckte **ihn** zu Hause in die Vase.

DIE ERNSTE SITUATION

Mit einer vermeintlich ernsten Situation war Sir Ronald Krautluder plötzlich konfrontiert: **Endlich** war er verstorben – lebte aber ***trotzdem*** weiter! Was nur sollte er ***da***gegen tun?

Er ***wusste*** es einfach (noch) nicht ...

DIE KOMISCHE SITUATION

Einer absolut **komischen** Situation sah sich Dottore Luigi Wildbart gegenüber. Nicht nur war er **gestorben**, ohne dies jemals für möglich gehalten zu haben – er lebte sogar noch ***weiter***, was er sich schon gar niemals vorzustellen getraute!

Da konnte er wirklich nur mehr **kichern** aus vollem Halse ...

DIE STATTLICHE KREATUR

Eine äußerst stattliche Kreatur
haderte ständig mit ihrer Figur.

Sie hungerte sie schließlich aus
und machte ihr so den Garaus!

Voller Genugtuung blickt sie nun herab
auf ihr ganz und gar nicht stattliches Grab.

DIE STAATLICHE KREATUR

Eine stolze staatliche Kreatur
nährte stets sich **selber** nur.

Sie betrachtete die ihr anbefohlen
mit Herablassung ganz unverhohlen.

Ließ sie glatt im Regen stehen
statt nach ihrem Wohl zu sehen.

Aber war dann gekommen endlich die Zeit –
arrangierte sie großzügigst das letzte Geleit!

DER PAPST ALS HUNDEPRINZ

Papst Rotlaus der Gefräßige sah sich im Traume herrschen als erlauchter Prinz über eine gewaltige, ungezogene Hundeschar.

Und hatte beim Erwachen auch gleich eine adäquate Deutung parat: Erlaucht war er ja nun wirklich allemal. Und was die kläffende Meute anlangte, konnte man dies wahrlich nur auf die **Christenheit** übertragen – der er im Übrigen ohnehin wieder einmal zeigen musste, **wer** der Herr war.

Und schon am nächsten Morgen erließ er ein noch strengeres Sittengesetz, in dem auch **Bellen** ausdrücklich untersagt war!

DER PAPST ALS KATZENPRINZ

Papst Zuckerschädel der Hübsche träumte unter heftigsten Schuldgefühlen von sich als Prinz, der bei des Vaters Kater – den er **eigentlich** begehrte – um die „Hand“ von dessen Tochter anhielt.

Soweit kommt es eben, wenn man sich dem Zölibat verschrieben hat …

DER HIMMEL AUF ERDEN

Ein esoterischer Salon offerierte den Leuten gegen geringes Entgelt den „Himmel auf Erden“.

Da sich aber kein Hinweis fand, was **genau** er darunter verstand, getraute sich niemand hinein ...

DIE LEICHE UND DAS LUTSCHBONBON

„Was mach ich bloß mit diesem Lutschbonbon?“, fragte sich Baron Barnabas Hummelstrumpf wieder und wieder, als er ein solches achtlos weggeworfen auf dem Friedhof fand.

Bis er es einfach auswickelte, in den Mund nahm und mit Wonne zu lutschen begann!

Denn Diätvorschriften, gleich welcher Art, galten für ihn natürlich schon lange nicht mehr …

DIE LEICHE UND DER MÜSLIRIEGEL

Beim Herumschnuppern in der Gruft fand die ehemalige Mrs. Charlotte Krautburger einen alten Müsliriegel in unversehrter Verpackung.

„Bin **ich** froh, dass ich dieses Zeugs nicht mehr benötige!“, jauchzte sie voller Genugtuung. „Und abgelaufen ist er auch noch – so eine Frechheit!!“

DIE UNBESCHOLTENE FIGUR

Wiewohl ihre Figur völlig intakt und unbescholten, ließ Mrs. Peggy Schandzwirn nicht davon ab, sie von früh bis spät zu malträtieren, indem sie sie mit Lust und Leidenschaft vollstopfte und mästete. Bis sich diese, der ständigen Misshandlung überdrüssig, nicht anders mehr zu helfen wusste, als in schierer Verzweiflung auseinanderzuplatzen.

Aber daraus kann der Figur nun wirklich keinerlei Vorwurf erwachsen. Und ebenso wenig ändert dies natürlich an ihrer Unbescholtenheit.

DIE UNBESCHREIBLICHE FIGUR

Mrs. Betsy Scharlachmouse stieß eines Nachts in ihrem Schlafzimmer auf eine Figur, die sich wirklich und wahrhaftig **jeder** Beschreibung entzieht.

Dies ist umso mehr bedauerlich, als auch bis heute völlig unklar ist, auf welche Weise sie damals ihr Leben verlor.

DER VORZEIGEMENSCH

Lord Gilbert Greenpudding besaß in ***über***reichem Maße all jene typisch menschlichen Eigenschaften, denen man andernorts nicht unbedingt mit Wohlwollen und Sympathie begegnet – weil man sie **keineswegs** mit Adel und Würde in Verbindung bringt.

Verständlich also, dass man ihn dort, wo es ihn nach seinem unrühmlichen Ende hinverschlug, sogleich zur pädagogischen Abschreckung als „Vorzeigemensch“ umherreichte.

Und das, obwohl er sich jetzt von seiner Vergangenheit nicht nur allmählich zu distanzieren begann, sondern zunehmend sogar für sie **schämte**. Hängt einem eben doch eine ganze Weile nach, das Menschsein …

DIE VORZIMMERFIGUR

In ihrem Vorzimmer fand Madame Elise Scharlachfink eines denkwürdigen Morgens eine regungslos auf dem Rokokostuhl sitzende Figur mit rätselhaftem, unerforschlichem Gesichtsausdruck – die sich ihren erst fassungslosen, dann bohrenden Fragen durch völlige Apathie entzog, und die sie für ihr ferneres Leben nicht mehr von dort wegbringen sollte, umso mehr sie gewaltsame Maßnahmen ausschloss, da sie sich bis zuletzt nicht von dem Verdacht befreien konnte, es möglicherweise mit einer Art zweitem Ich zu tu zu haben.

„Immerhin wenigstens“, resümierte sie Jahre später, bereits gänzlich abgeklärt und versöhnt mit ihrem Lose, „hatte ich doch unermessliches Glück, dass sich keine ***Schlafzimmerfigur*** bei mir eingestellt hat!“

DIE LEICHE UND DIE ZUCKERFEE

„Darf ich mal kurz bei Ihnen absteigen?“ Mit charmantem, unschuldigem Lächeln klopfte eine Zuckerfee bei der seligen Baronesse Constanze Fieberblut. „Sie wollen mich wohl veräppeln, wie? Sie sind nun wirklich die ***Aller***letzte, die ich zu meinem Glück noch brauche!“, erzürnte sich die an chronischer Überzuckerung Verschiedene. „Ich habe aber den heiligen Auftrag, mich mit Ihnen vollends auszusöhnen. – Wenn Sie also vielleicht doch ein wenig Zeit erübrigen könnten?“, drängte die Fee sie sanftmütig.

Und nach einer einzigen Nacht im Sarge war die Hausherrin von ihrem betörenden Gaste derart hingerissen, dass sie ihn nicht nur schwersten Herzens wieder ziehen ließ – sondern, wäre sie nur gefragt worden, ihm glatt ihr **Jawort** geschenkt hätte! Nichts ist eben süßer als Vergebung …

DIE LEICHE IN DEN ZUCKERSTIEFELN

Wie man auch spät noch hohe Anerkennung finden und genießen kann, zeigte Miss Bärbel Regenstrumpf – indem sie in Zuckerstiefeln über den Friedhof stolzierte. Denn da man Süßes dort nicht eben häufig trifft, war sie jede Nacht von einer treuen Fangemeinde umgeben, die ihr hingebungsvoll die Stiefel leckte.

Und wo solch köstliches Schuhwerk überhaupt erhältlich ist – darüber bewahrte sie natürlich, wie es sich für eine ordentliche Leiche auch gehört, striktes Stillschweigen.

DIE VERFÄNGLICHE SITUATION

In einer äußerst verfänglichen Situation wurde Baron Hundsknecht Liebgartl beim Verlassen des Beichtstuhls angetroffen. Denn in diesem thronte nicht etwa der Pfarrer, Monsignore Wühlmaus, sondern die **Baronin** – die von ihrem Gatten, nachdem er sie mit **letzterem** in einer verfänglichen Situation erwischt hatte, erwürgt und dort in aller Eile deponiert worden war.

Und der Pfarrer? Dem hatte er **vergeben**. Denn der hatte ihm dafür die Beichte abgenommen und ihm seinerseits die Absolution erteilt ...

DIE FATALE SITUATION

Der kleine Lutz Kicherbart fühlte sich in eine ausgesprochen **fatale** Situation getrieben. Er war geboren worden – ohne dies auch nur im Entferntesten ***angestrebt*** zu haben!

Doch als „fatales Glück“ erwies sich, dass seine Eltern, Reto und Melissa, Totengräber waren. So musste er nicht lange überlegen.

Er verscharrte sie, zur Strafe für ihr Vergehen, im erstbesten Grabe – und folgte ihnen dann im nächsten nach.

Printed by Books on Demand GmbH, Norderstedt / Germany